Hendrik Jakobsen

AF139568

Flowers ! Blumen ! Fleurs ! Flores !

Calendar Book / Kalenderbuch / Calendrier Livre / Calendario Libro

2. edition

Cover by Hendrik Jakobsen
Herstellung und Verlag:
Books on Demand GmbH, Norderstedt

ISBN: 978-3-7386-0116-9

1		Go Swimming with friends 15 o`clock	GHI

Notes / Notizen / Note / Noticia:

G Party with Jenny and Michael 21 o`clock
H Pay the rent
I Meet my parents 13 o`clock

Phone Book / Telefonbuch /Annuaire / Guia Telefónica

Januar / January / Janvier / Enero 2015

1			
2			
3			
4			
5			
6			
7			
8			
9			
10			
11			
12			
13			
14			
15			

Notes / Notizen / Note / Noticia:

Januar / January / Janvier / Enero 2015

16			
17			
18			
19			
20			
21			
22			
23			
24			
25			
26			
27			
28			
29			
30			
31			

Notes / Notizen / Note / Noticia:

February / Februar / Février / Febrero 2015

1			
2			
3			
4			
5			
6			
7			
8			
9			
10			
11			
12			
13			
14			
15			

Notes / Notizen / Note / Noticia:

February / Februar / Février / Febrero 2015

16			
17			
18			
19			
20			
21			
22			
23			
24			
25			
26			
27			
28			
(29)			

Notes / Notizen / Note / Noticia:

March / März / Mars / Marzo 2015

1			
2			
3			
4			
5			
6			
7			
8			
9			
10			
11			
12			
13			
14			
15			

Notes / Notizen / Note / Noticia:

March / März / Mars / Marzo 2015

16			
17			
18			
19			
20			
21			
22			
23			
24			
25			
26			
27			
28			
29			
30			
31			

Notes / Notizen / Note / Noticia:

April / April / Avril / Abril 2015

1			
2			
3			
4			
5			
6			
7			
8			
9			
10			
11			
12			
13			
14			
15			

Notes / Notizen / Note / Noticia:

April / April / Avril / Abril 2015

16			
17			
18			
19			
20			
21			
22			
23			
24			
25			
26			
27			
28			
29			
30			

Notes / Notizen / Note / Noticia:

May/ Mai / Mai / Mayo 2015

1			
2			
3			
4			
5			
6			
7			
8			
9			
10			
11			
12			
13			
14			
15			

Notes / Notizen / Note / Noticia:

May/ Mai / Mai / Mayo 2015

16			
17			
18			
19			
20			
21			
22			
23			
24			
25			
26			
27			
28			
29			
30			
31			

Notes / Notizen / Note / Noticia:

June / Juni / Juin / Junio 2015

1			
2			
3			
4			
5			
6			
7			
8			
9			
10			
11			
12			
13			
14			
15			

Notes / Notizen / Note / Noticia:

June / Juni / Juin / Junio 2015

16			
17			
18			
19			
20			
21			
22			
23			
24			
25			
26			
27			
28			
29			
30			

Notes / Notizen / Note / Noticia:

July / Juli / Juillet / Julio 2015

1			
2			
3			
4			
5			
6			
7			
8			
9			
10			
11			
12			
13			
14			
15			

Notes / Notizen / Note / Noticia:

July / Juli / Juillet / Julio 2015

16			
17			
18			
19			
20			
21			
22			
23			
24			
25			
26			
27			
28			
29			
30			
31			

Notes / Notizen / Note / Noticia:

August / August / Aout / Agosto 2015

1			
2			
3			
4			
5			
6			
7			
8			
9			
10			
11			
12			
13			
14			
15			

Notes / Notizen / Note / Noticia:

August / August / Aout / Agosto 2015

16			
17			
18			
19			
20			
21			
22			
23			
24			
25			
26			
27			
28			
29			
30			
31			

Notes / Notizen / Note / Noticia:

September / September/ Septembre / Septiembre 2015

1			
2			
3			
4			
5			
6			
7			
8			
9			
10			
11			
12			
13			
14			
15			

Notes / Notizen / Note / Noticia:

September / September/ Septembre / Septiembre 2015

16			
17			
18			
19			
20			
21			
22			
23			
24			
25			
26			
27			
28			
29			
30			

Notes / Notizen / Note / Noticia:

October / Oktober / Octobre / Octubre 2015

1			
2			
3			
4			
5			
6			
7			
8			
9			
10			
11			
12			
13			
14			
15			

Notes / Notizen / Note / Noticia:

October / Oktober / Octobre / Octubre 2015

16			
17			
18			
19			
20			
21			
22			
23			
24			
25			
26			
27			
28			
29			
30			
31			

Notes / Notizen / Note / Noticia:

November / November / Novembre / Noviembre 2015

1			
2			
3			
4			
5			
6			
7			
8			
9			
10			
11			
12			
13			
14			
15			

Notes / Notizen / Note / Noticia:

November / November / Novembre / Noviembre 2015

16			
17			
18			
19			
20			
21			
22			
23			
24			
25			
26			
27			
28			
29			
30			

Notes / Notizen / Note / Noticia:

December / Dezember / Décembre / Diciembre 2015

1			
2			
3			
4			
5			
6			
7			
8			
9			
10			
11			
12			
13			
14			
15			

Notes / Notizen / Note / Noticia:

December / Dezember / Décembre / Diciembre 2015

16			
17			
18			
19			
20			
21			
22			
23			
24			
25			
26			
27			
28			
29			
30			
31			

Notes / Notizen / Note / Noticia:

Phone Book / Telefonbuch /Annuaire / Guia Telefónica
